AF299295

...S DE L'AME PIEUSE

DANS LES SANCTUAIRES DE MARIE

CHANTS A LA S^{TE} VIERGE

PAR L'ABBÉ E.-A. GIÉLY

AUMÔNIER DE LA TRINITÉ (MAISON MÈRE).

Approuvé par NN. SS. les Evêques de Valence, d'Alger
et de Saint-Brieuc

LIBRAIRIE DE GIRARD & JOSSERAND

LYON || **PARIS**
'ace Bellecour, 50 | Rue Cassette, 5

ÉCHOS DE L'AME PIEUSE

DANS LES SANCTUAIRES DE MARIE

A LA MÊME LIBRAIRIE

DU MÊME AUTEUR :

AMOUR AU SACRÉ CŒUR DE JÉSUS, Chants au sacré Cœur et au Saint-Sacrement, avec accompagnement d'orgue. Paroles et musique. Approuvé par Mgr l'Évêque de Valence. 1 vol. grand in-8. 6 fr.

ÉCHOS DE L'AME PIEUSE dans les sanctuaires de Marie, Chants à la sainte Vierge, avec accompagnement d'orgue. Paroles et musique. Approuvé par NN. SS. les Évêques de Valence, d'Alger et de Saint-Brieuc. 1 vol. grand in-8. 8 fr.

NOUVEAUX CANTIQUES A MARIE. Paroles et musique. Approuvé par S. E. Mgr le Cardinal-Archevêque de Lyon. Nouvelle édition revue et augmentée. (*Sous presse.*)

ÉCHOS DE L'AME PIEUSE

DANS LES SANCTUAIRES DE MARIE

CHANTS A LA S^{TE} VIERGE

Par l'Abbé E.-A. GIÉLY

AUMÔNIER DE LA TRINITÉ (MAISON MÈRE)

Approuvé par NN. SS. les Évêques de Valence, d'Alger
et de Saint-Brieuc

LIBRAIRIE DE GIRARD & JOSSERAND

LYON
Place Bellecour, 30

PARIS
Rue Cassette, 5

1863

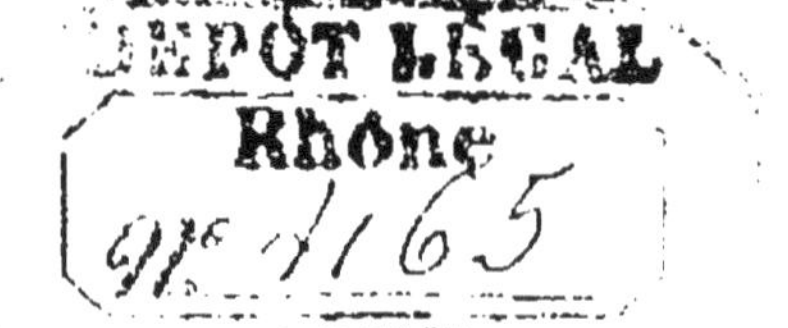

PROPRIÉTÉ.

CHANTS A LA S^{TE} VIERGE.

I

RÉVEILLONS LES ÉCHOS!

(Pour le premier soir du mois de Marie.)

Réveillons les échos de ce doux sanctuaire :
La nature sourit, le printemps est vainqueur.
Heureux enfants, venez ; offrons à notre Mère
La prière et l'amour, ce pur encens du cœur.

CHŒUR.

A toi, Mère de grâce,
A toi nos chants, à toi nos cœurs !
Ici que tout retrace
Ta gloire et tes faveurs !

Fleur du ciel, mais cueillie aux jardins de la terre,
D'une tige souillée elle est le pur honneur ;
Dans son sein parfumé Dieu lui-même, ô mystère !
S'est caché : terre et cieux, tressaillez de bonheur !

Le feuillage des bois, la fleur de la prairie,
Les soupirs de la brise et les chants de l'oiseau,
Tout a pris une voix pour célébrer Marie
Et redire à sa gloire un cantique nouveau.

Les anges de sa cour, dans leurs riches corbeilles,
Cueillent sur les coteaux leurs trésors éclatants,
De la nature en fleur odorantes merveilles,
Et Marie a reçu l'offrande du printemps.

Oui, beaux anges, cueillez les parfums de ces roses,
De ces chants d'harmonie aux suaves accords ;
A votre Reine offrez ces fleurs à peine écloses :
Elle aime nos concerts et nos pieux transports.

C'est la Mère de Dieu, c'est la Reine des anges,
C'est notre Mère à nous, enfants de ses douleurs.
Aux cantiques des cieux unissons nos louanges :
Elle écoute nos voix, elle accueille nos fleurs.

Sur son front resplendit la couronne d'étoiles ;
Son trône est de lumière en la sublime cour.
Plus de tissus mortels, plus de terrestres voiles :
La gloire l'environne au céleste séjour.

Souris à nos concerts, ô Reine aimable et chère !
Nous dirons tes grandeurs, nous dirons tes bienfaits.
De tes pieux enfants exauce la prière ;
Près de toi dans les cieux place-nous pour jamais.

N. B. — Les strophes 2, 6, 7 et 8 peuvent convenir à la fête de l'Assomption.

II

AIDE-MOI BIEN !

———

Je suis entré dans la carrière,
J'ai pris l'armure du soldat;
Je ne puis rester en arrière,
Il faut marcher pour le combat.
Mes ennemis me font la guerre;
Tour de David, sois mon soutien!
Aide-moi bien, ma bonne Mère;
Ma bonne Mère, aide-moi bien!

L'enfer dans sa fureur m'assiége ;
Il voudrait me voir succomber.
Devant mes pas tout cache un piége...
Hélas ! je pourrais y tomber.
Contre sa perfidie amère,
Vierge sainte, sois mon soutien !
Aide-moi, etc.

Le monde m'attire, il m'appelle,
Il me dit : Viens, tu peux choisir ;
Dans mes jardins, toujours nouvelle,
Eclôt la rose du plaisir.
Ah ! contre sa voix mensongère,
Vierge sainte, sois mon soutien !
Aide-moi, etc.

Mais mon Sauveur aussi m'invite ;
Il m'appelle, j'entends sa voix...
Et pourtant encor je l'évite
Quand je le vois porter sa croix.
Tu le suivis sur le Calvaire ;
Vierge forte, sois mon soutien !
Aide-moi, etc.

Mes pieds se lassent dans l'arène,
Mon front ruisselle de sueur ;
Il faut marcher à perdre haleine,
Malgré l'orage et la chaleur.
Dans cette lutte journalière,
Vierge forte, sois mon soutien !
Aide-moi, etc.

Hélas ! même au fond de mon âme
Je trouve plus d'un ennemi,
Et contre leur perfide trame
Trop souvent je reste endormi.
Dans cette intime et rude guerre,
Vierge forte, sois mon soutien !
Aide-moi, etc.

Quand la lutte devra se clore,
Quand l'ennemi, que rien n'abat,
Me verra chanceler encore
Sous l'effort du dernier combat,
Contre sa fureur meurtrière,
Vierge forte, sois mon soutien !
Aide-moi, etc.

III

JE NE CRAINS RIEN, MARIE EST AVEC MOI!

A travers l'exil de la terre,
Quand mon voyage avec mystère
Se poursuit, pourquoi tant d'effroi ?
Ma Mère m'offre avec tendresse
Son bras, soutien de ma faiblesse :
Je ne crains rien, Marie est avec moi !

CHOEUR.

Ma Mère m'offre avec tendresse
Son bras, soutien de ma faiblesse ;

Jc ne crains rien, Marie est avec moi ;
Je ne crains rièn,
J'ai mon soutien !

Il faut, dans ce désert aride,
Marcher près du serpent perfide ;
Comment ne pas trembler d'effroi ?
Mais toujours contre sa morsure
Ma bonne Mère me rassure :
Je ne crains rien, Marie est avec moi !

L'enfer dans l'ombre ourdit sa trame ;
Il voudrait dans un piége infâme
M'attirer, surpris, plein d'effroi... (1)
Mais l'œil vigilant de ma Mère
Me dévoile sa ruse amère :
Je ne crains rien, Marie est avec moi !

A mon oreille une voix chante ;
Avec transport elle me vante

(1) Une femme dira :
    M'attirer, tremblante d'effroi...

Des voluptés la douce loi;
Mais, contre la voix mensongère,
J'écoute la voix de ma Mère :
Je ne crains rien, Marie est avec moi!

Devant mes yeux de hautes cimes,
A mes pieds de profonds abîmes...
Comment ne pas trembler d'effroi?
Mais, au sentier de la montagne,
Ma Mère est là qui m'accompagne :
Je ne crains rien, Marie est avec moi !

Près du sentier le précipice ;
Mes genoux tremblent, mon pied glisse...
Je vais tomber, pâle d'effroi...
Mais aussitôt une main sûre
Vers moi s'étend et me rassure :
Je ne crains rien, Marie est avec moi !

Souvent une horrible tempête
S'amasse en grondant sur ma tête ;
Ne dois-je pas trembler d'effroi?

1.

Non ; la nue, en vain menaçante,
S'enfuit sous une main puissante :
Je ne crains rien, Marie est avec moi !

De mon lointain pélerinage
Terrible est le dernier passage...
Comment le tenter sans effroi ?
Mais là surtout, pour me défendre,
J'aurai ma Mère forte et tendre :
Je ne crains rien, Marie est avec moi !

IV

MÈRE DE GRACE.

———

CHŒUR.

Vierge, vers toi
Monte avec foi
Notre prière ;
Oh ! tu le veux,
Ouvre à nos vœux
Ton cœur de Mère.

Pour les pécheurs,
Reine des cœurs,
Ma voix t'implore.

Du haut des cieux,
Jette les yeux
Sur eux encore.

Des noirs enfers
Portant les fers,
O sort funeste !
Ils ont perdu,
Laissé, vendu
Leur part céleste.

Ces cœurs, hélas !
Du saint joug las,
N'ont plus la vie ;
Qui les aura ?
Qui leur rendra
La paix ravie ?

Mère, c'est .toi !
Avec émoi
Vois nos alarmes ;
Fais-leur sentir
Du repentir
Les douces larmes !

De tout péché,
Monstre caché,
Détruis la trace;
Fais encor voir
Tout ton pouvoir,
Mère de grâce !

Qu'un jour ici
Ces cœurs aussi
T'aiment, Marie !
Qu'avec transport
Ils voient le port
De la patrie !

V

DONNEZ-MOI VOTRE CŒUR !

———

Ma misère est bien grande,
Mon pauvre cœur n'a rien ;
Je cherche, je demande
Qui sera mon soutien.
O ma céleste Mère,
Mon espoir, mon bonheur,
Pour trésor sur la terre
Donnez-moi votre cœur !

Mon inconstance étrange
M'expose chaque jour ;
Ma vie est un mélange
De froideur et d'amour.

O ma céleste Mère,
Mon espoir, mon bonheur,
Pour règle sur la terre
Donnez-moi votre cœur !

Dans la sainte demeure
Quand je viens pour prier,
Je ne puis à toute heure
Que gémir et crier :
O ma céleste Mère,
Mon espoir, mon bonheur,
Pour aide en ma prière
Donnez-moi votre cœur !

Quand l'épine me blesse,
Quand mon cœur oppressé,
Aux heures de tristesse,
De tous est délaissé,
O ma céleste Mère,
Mon espoir, mon bonheur,
Pour ami sur la terre,
Donnez-moi votre cœur !

Quand l'auteur de la vie
En moi fait son séjour,
Ah! mon cœur vous envie
Vos doux transports d'amour...
O ma céleste Mère,
Mon espoir, mon bonheur,
Pour aimer ce bon Père
Donnez-moi votre cœur!

Sur des routes peu sûres,
Je tombe, hélas! souvent;
Je me fais des blessures...
O malheur décevant!
Compatissante Mère,
Mŏn espoir, mon bonheur,
Pour baume salutaire
Donnez-moi votre cœur!

Quand le désert est sombre,
Quand le ciel devient noir,
Que je marche dans l'ombre,
Avant l'heure du soir,
O ma céleste Mère,

Mon espoir, mon bonheur,
Pour flambeau sur la terre
Donnez-moi votre cœur !

Alors que sur ma tête,
En ces tristes déserts,
La foudre et la tempête
Mugissent dans les airs,
O ma céleste Mère,
Mon espoir, mon bonheur,
Pour abri salutaire
Donnez-moi votre cœur !

Lorsque, au moment suprême,
Satan, que rien n'abat,
Me livrera lui-même
Un suprême combat,
O ma céleste Mère,
Mon espoir, mon bonheur,
Pour rempart tutélaire
Donnez-moi votre cœur !

VI

A LA DIVINE BERGÈRE.

CHOEUR.

Vierge toujours compatissante,
Aimable Mère du Sauveur,
Ramenez la brebis errante
Au saint bercail du bon Pasteur.

Egarée au désert, loin de la bergerie,
Elle fuit vos regards si doux.
Mais vous, de son malheur prenez pitié, Marie!
Ah! ne fut-elle pas à vous?

Pour solder sa rançon, sur sa croix du Calvaire,
  Le bon Pasteur donna son sang ;
Ingrate, malheureuse, et pourtant toujours chère,
  Il la regarde en gémissant...

Du sentier de la vie elle a perdu la trace ;
  Elle erre au chemin de la mort.
Pour ses égarements, Vierge, demandez grâce ;
  Oh ! prenez pitié de son sort !

Marie, à votre cœur, à son heure suprême,
  Jésus mourant la confia ;
Pour sauver son troupeau se faisant anathème,
  Pour elle aussi Jésus pria.

Ah ! dans ses bras encore il l'attend, il l'appelle ;
  Elle fuit, mais vous êtes là !
Dans ses lointains écarts poursuivez l'infidèle,
  Et sur son cœur ramenez-la !

VII

NE NOUS OUBLIEZ PAS!

CHŒUR.

Entendez nos soupirs de crainte et d'espérance,
Bonne Mère des cieux, ne nous oubliez pas!
Contre nos ennemis prenez notre défense;
Bonne Mère des cieux, ne nous oubliez pas!
    Nous implorons votre assistance :
    Nos ennemis sont sur nos pas.
    Vierge, prenez notre défense :
    Nous nous jetons entre vos bras.

Vous êtes d'Israël le rempart et la gloire ;
Votre nom est terrible et votre bras est fort ;
Aux soldats du Seigneur vous donnez la victoire,
Et par vous les martyrs d'immortelle mémoire
    Triomphent de la mort.

Que de vierges, Marie, autour de vous rangées,
Bénissent votre nom au céleste séjour !
Votre bras les soutint dans la lutte engagées ;
En couronne éternelle aujourd'hui sont changées
    Leurs épreuves d'un jour.

C'est vous qui de l'enfant protégez l'innocence
Contre le souffle impur qui pourrait la flétrir ;
C'est vous qui du vieillard consolez la souffrance,
En montrant à ses yeux rayonnants d'espérance
    Le ciel près de s'ouvrir.

Vous essuyez les pleurs de l'orphelin qui pleure ;
Vous allégez la croix de l'humble veuve en deuil ;
Vous regardez le pauvre en sa pauvre demeure ;
A l'exilé qui vient vous prier à toute heure
    Vous faites doux accueil.

Vierge, de vos bienfaits nous garderons mémoire ;
A votre Fils, à vous nous serons désormais.
Oh ! puissions-nous marcher de victoire en victoire !
Puissions-nous, réunis aux élus de la gloire,
    Vous bénir à jamais !

VIII

EXAUCEZ-NOUS!

CHŒUR.

Vierge Marie,
Notre espoir si doux,
Mère chérie,
Exaucez-nous.
Que notre prière
Par vous monte aux cieux ;
Sur notre misère,
Oh ! jetez les yeux !

Vous êtes la Médiatrice
Dont tout proclame le pouvoir ;
Du divin Soleil de justice
Vous êtes le plus pur miroir.

Vous êtes l'arche d'alliance
Par qui s'unit la terre aux cieux,
Le signe heureux de l'espérance,
L'étoile au front tout radieux.

Vous êtes l'Epouse fidèle
Que se choisit l'Esprit d'amour ;
Vous êtes la Reine immortelle
Des élus au divin séjour.

Vous êtes la douce bergère
Des brebis du Pasteur divin ;
Jamais sur la terre étrangère
Votre main ne les cherche en vain.

Vous êtes la céleste Mère
Que nous donna Jésus mourant ;

Par vous de cette vie amère
Le sentier est moins déchirant.

Vous êtes la plus douce aurore
Du jour à notre foi promis.
Oh! ne pourrons-nous voir encore
Le monde à votre Fils soumis?

Vous êtes de la terre entière
La gloire, l'amour et l'espoir,
L'astre de paix et de lumière
Qui luit sur notre ciel si noir.

Accomplissez cette espérance,
Mère puissante du Sauveur;
Après les jours de la souffrance,
Amenez les jours du bonheur!

IX

VEILLE SUR NOUS !

A NOTRE-DAME DE FOURVIÈRE (1).

Dédié à S. E. Mgr le Cardinal de Bonald, Archevêque
de Lyon.

Toi dont l'image tutélaire
Sur le coteau saint de Fourvière (2)
S'élève et nous ouvre les bras,
Dans ta cité toujours chérie,
De tes enfants, douce Marie,
Garde les cœurs, guide les pas !

(1) Avec les modifications indiquées ci-après, ce cantique
peut se chanter partout.
(2) Ailleurs, on dira :

A nos yeux, dans ton sanctuaire,
Sourit en nous ouvrant les bras.

2

CHOEUR.

Vierge, à nos cœurs toujours si chère,
Vois tes enfants à tes genoux ;
Mère d'amour et de lumière,
De ton autel veille sur nous.
A ton aspect tout front s'incline ;
Pour nous ton bras est un rempart.
Du haut de la sainte colline (1)
Jette sur nous un doux regard.

Sous cette image radieuse,
Vierge, ta famille pieuse
Près de ton cœur respire en paix.
A ses vœux tu prêtes l'oreille ;
Sur son bonheur ton regard veille,
Et ton amour ne dort jamais.

Aux murs bénits de ton vieux temple,
Avec bonheur elle contemple
Les monuments de tes bienfaits ;
Sous ses yeux chaque jour encore

(1) Ailleurs qu'à Lyon, on dira :
Du haut des cieux, Mère divine.

Ton sanctuaire se décore
De ces dons que l'amour a faits.

De ton diadème d'étoiles,
Quand du soir s'abaissent les voiles,
Le pur éclat brille à nos yeux.
Oh ! puissions-nous, Reine immortelle,
Un jour de ta gloire éternelle
Contempler la splendeur aux cieux !

O douce Mère de Fourvières,
Entends chaque jour les prières
Qui de nos cœurs montent vers toi !
De ta colline parfumée,
Bénis la cité bien-aimée,
Vierge, qui t'a donné sa foi !

Bénis le père de nos âmes,
Dont le cœur de ses pures flammes
Verse sur nous la vive ardeur ;
Saint pontife, invincible athlète,
Pasteur aimé, dont la houlette
Nous guide aux sentiers du Seigneur.

Bénis nos apôtres sublimes
Qui, des mers bravant les abìmes,
Dans l'Orient portent la foi ;
Bénis, sous ta blanche bannière,
Nos vierges, anges de prière,
Qui marchent sous ta douce loi.

Bénis le Pontife suprême
Dont la main sur ton diadème
Fit briller la plus belle fleur ;
Ote l'épine à sa couronne :
Dans le péril qui l'environne,
N'es-tu pas l'espoir de son cœur ?

Bénis la France qui t'honore,
Dont la voix te proclame encore
Sa Reine au suprême pouvoir.
Que de ton Fils, de son Eglise,
Toujours fille aînée et soumise,
Elle soit la gloire et l'espoir !

N. B. — Ailleurs qu'à Lyon, on omettra les strophes 3 et 5,
spéciales pour Fourvière.

X

PRÈS DE TON CŒUR!

———

Près de ton cœur, ô Vierge aimable et chère,
Je viens goûter un instant le bonheur;
Quel calme pur dans ton doux sanctuaire,
    Près de ton cœur!

Près de ton cœur, le bruit du monde expire,
Et j'entends mieux la voix de mon Sauveur,
Et de désirs mon cœur pauvre soupire,
    Près de ton cœur!

CHOEUR.

Et de désirs mon cœur pauvre soupire,
    Près de ton cœur, près de ton cœur!

2.

Près de ton cœur, mon âme est embaumée
Du doux parfum de tes lis ravissants,
De tes vertus, ô Vierge bien-aimée,
     Céleste encens.

Près de ton cœur, plus douce est la prière ;
Je sens le mien de paix surabonder ;
Un pur rayon d'amour et de lumière
     Vient l'inonder.

Près de ton cœur, de cette vie amère
J'oublie encor le fiel et les douleurs ;
Ton cœur brûlant, ô ravissante Mère,
     Tarit mes pleurs.

Près de ton cœur, de la sainte espérance
Les doux rayons illuminent mes yeux.
Oh ! de te voir n'ai-je pas l'assurance,
     Un jour, aux cieux ?

Près de ton cœur, de ma faiblesse étrange
Je ne crains plus le péril menaçant.
Pour l'humble enfant qui près de toi se range,
     Qu'il est puissant !

Près de ton cœur, ô Vierge toute pure,
Le monde a-t-il de séduisants attraits?
Ici je trouve un rempart, une armure
    Contre ses traits.

Près de ton cœur, ô Vierge secourable,
De l'ouragan je méprise l'effort.
En vain mugit l'océan redoutable :
    Je suis au port!

Près de ton cœur, à mes suprêmes heures,
Je veux au monde adresser mon adieu...
Oh! conduis-moi des terrestres demeures
    Au sein de Dieu!

XI

MÈRE TOUTE PURE.

CHOEUR.

Mère toute pure,
Toi qui nous défends,
De toute souillure
Garde tes enfants !

Le serpent perfide
Glisse autour de nous ;
Du dard homicide
Nous craignons les coups.

De son souffle immonde
Il flétrit les fleurs ;
Les sentiers du monde
Sont mouillés de pleurs...

Qui dans la carrière
Ne tremblerait pas ?
Vierge tutélaire,
Veille sur nos pas !

Hélas ! plus d'un ange
Perdit sa splendeur,
Et souilla de fange
Sa belle candeur...

Des souffles du monde
Préserve nos cœurs ;
Du serpent immonde
Rends-les tous vainqueurs !

A toi, Vierge sainte,
Nous avons recours ;

Nous serons sans crainte
Avec ton secours.

En ton cœur de Mère,
Oh ! nous avons foi ;
Dans l'épreuve amère,
Qui n'espère en toi ?

Le lis qui rayonne,
Nous te l'offrirons ;
Ta blanche couronne,
Nous la garderons.

XII

MIROIR DE JUSTICE.

CHOEUR.

O pleine de grâce,
Au cœur sans pareil,
Miroir qui retrace
Le vivant Soleil,
Montre son image
A nos yeux charmés,
Et reçois l'hommage
De nos cœurs aimés.

Sans vous dans les âmes
La clarté s'éteint,

Et loin de vos flammes
Le froid les atteint.
Malheur lamentable,
O funeste sort !
Ce froid redoutable
Conduit à la mort !

O splendeur divine,
Rayons précieux
Par qui s'illumine
Le sentier des cieux,
Chassez la nuit sombre,
La nuit du péché ;
Que nul cœur dans l'ombre
Ne reste caché !

Enfants de lumière,
Marchons jusqu'au soir
Au sentier qu'éclaire
Le divin miroir.
Le ciel nous regarde,
Et l'ange ici-bas
Qui toujours nous garde
Anime nos pas.

Miroir plein de flammes,
Brille près de nous ;
Embrase nos âmes
De tes feux si doux !
Le vent des ténèbres
En vain soufflera ;
L'ange aux yeux funèbres
Devant toi fuira.

Vierge sans souillures,
Miroir de splendeur,
Garde aux âmes pures
L'aimable candeur !
Que ton cœur, image
Du Soleil divin,
Soit pour nous le gage
Des clartés sans fin !

XIII

SAUVEZ-NOUS !

———

CHOEUR.

Les crimes de la terre
Du Dieu juste et sévère
Réveillent le courroux ;
O Mère de clémence,
En vous notre espérance :
Sauvez-nous, sauvez-nous !

De Satan dans le monde
Voyez tous les efforts !
Le péché, fleuve immonde,
Partout coule à pleins bords.

Dieu suspend sur nos têtes
Son tonnerre vengeur ;
On entend des tempêtes
Le souffle avant-coureur.

O douleur ! ô mystère !
Jésus n'est pas aimé...
Du Dieu saint, sur la terre,
Le nom est blasphémé.
On déserte son temple,
On trangresse ses lois ;
L'œil attristé contemple
Mille maux à la fois.

De la foi, dans les âmes,
S'éteint le pur flambeau ;
L'égoïsme sans flammes
S'étend comme un tombeau.
La piété s'envole,
La charité s'endort ;
La souveraine idole
Est le plaisir ou l'or.

Du Seigneur, sans décence,
Le jour est profané ;
A l'aimable innocence
Le scandale est donné ;
Et des poisons infàmes,
Dévorés sans remord,
Vont porter dans les âmes
L'agonie et la mort.

Pourtant, divine Mère,
Nos cités veulent voir
Votre image si chère,
Comme un signe d'espoir.
Ecartez les nuages,
Astre en qui nous croyons ;
Prévenez les orages
De vos puissants rayons !

XIV

PROCLAMONS SES BIENFAITS!

CHANTS D'ACTION DE GRACES.

———

CHOEUR.

De notre Mère encore

Bénissons le doux cœur,

De tout cœur qui l'implore

Espoir consolateur.

Jamais il ne délaisse ;

Il n'est fermé jamais.

Célébrons sa tendresse,

Proclamons ses bienfaits.

Il entend nos soupirs, il connaît nos alarmes ;

Au récit de nos maux il reste ouvert toujours ;

Il calme nos douleurs, il adoucit nos larmes,

Au sacrifice amer il sait donner des charmes,
Et de ce triste exil il console les jours.

Et quand le Dieu vengeur se lasse de nos crimes,
Pour nous ce cœur tout bon se fait médiateur.
Redirons-nous jamais ses œuvres magnanimes ?
Sous nos pieds, des enfers il ferme les abîmes,
Et nous ouvre des cieux le séjour enchanteur.

De ce cœur maternel, notre chère espérance,
Qui, dans sa vie, un jour n'a senti le pouvoir ?
Quel doux baume par lui versé sur la souffrance !
Combien de cœurs captifs ont dû leur délivrance
A ce cœur, sur leurs maux si prompt à s'émouvoir !

A nos yeux attendris, monuments de sa gloire,
Partout l'airain, le marbre annoncent ses faveurs ;
Chaque siècle qui passe en agrandit l'histoire,
Et partout mille voix, bénissant sa mémoire,
Célèbrent ses bienfaits ou chantent ses grandeurs !

XV

IMPLORE ENCOR MARIE !

———

Toi qui, des cieux quittant l'étroite voie,
Des noirs enfers pris le large chemin ;
Toi qui du cœur perdis la douce joie
Aux flots impurs qui t'abreuvent en vain ;
Veux-tu, veux-tu que ton âme assombrie
Retrouve encor la paix et le bonheur ?
Pauvre pécheur (1), implore encor Marie,
Et Marie entendra la voix de ta douleur.

(1) Dans les pensionnats de demoiselles, on dira :
Pauvre égarée, etc.

Né dans la mort, pauvre enfant de colère,
Dieu fit de toi l'enfant de son amour ;
Toi, fils ingrat, tu méconnus ton Père,
Et tes forfaits grandirent chaque jour.
Mais sur ton sort une Mère attendrie
Peut mettre un terme à ton affreux malheur.

CHOEUR.

Pauvre pécheur, implore encor Marie,
Et Marie entendra le cri de ta douleur.

Pour te donner une gloire immortelle,
Le Dieu sauveur te rappelait en vain ;
Sourd à sa voix, à ses ordres rebelle,
Tu méritas l'anathème divin.
Ah ! dans la mort ton âme ensevelie
Pourrait, hélas ! consommer son malheur...
Pauvre pécheur, implore encor Marie,
Et Marie entendra le cri de ta douleur.

D'un noir tyran traînant la lourde chaîne,
Infortuné, tu gémis loin de Dieu,

Et, trop docile à la main qui t'entraîne,
Déjà peut-être au ciel tu dis adieu...
Non, non ; veux-tu que ton âme asservie
Des vrais enfants retrouve le bonheur ?
Pauvre pécheur, implore encor Marie,
Et Marie entendra le cri de ta douleur.

Du crime, hélas ! j'ai comblé la mesure,
Aurais-tu dit, plein de trouble et d'effroi ;
Rien de mon cœur n'égale la souillure :
Ah ! c'en est fait, plus de pardon pour moi !...
Eh quoi ! pécheur, une Mère attendrie
Pour t'abriter n'a-t-elle pas son cœur ?
Pauvre pécheur, implore encor Marie,
Et Marie entendra le cri de ta douleur.

XVI

PRIEZ POUR NOUS!

DÉDIÉ A SA SAINTETÉ PIE IX

CHOEUR.

Priez pour nous, sainte Vierge Marie,
                    Priez pour nous,
Pauvres pécheurs inclinés devant vous.
Vierge, écoutez l'humble voix qui vous crie :
Du Dieu vengeur désarmez le courroux !

Nouvelle et pure Esther, sur un trône de gloire,
Du Roi puissant des cieux vous captivez le cœur.
De vos frères d'exil, Vierge, gardez mémoire !
Un mot de vous, un signe, un regard est vainqueur.

Pourriez-vous oublier vos enfants de la terre ?
O Mère, à votre cœur Jésus les confia.
Il était sur la croix, ineffable mystère !
Pour nous, rempli d'amour, son cœur mourant pria.

Intercédez pour nous, pour nous demandez grâce !
O Vierge, de nos cœurs nous vous avons fait don ;
L'arrêt de la justice auprès de vous s'efface,
Et vous êtes toujours la Mère du pardon.

Au cri de nos douleurs, Vierge, inclinez la tête ;
Notre espoir est en vous, notre suprême espoir !
Suspendez la menace, écartez la tempête ;
Que notre ciel soit pur du matin jusqu'au soir !

Du Pontife romain entendez la prière :
Souvent, dans son malheur, il prie à vos genoux.
Que par vous tous les yeux s'ouvrent à la lumière !
Que bientôt l'univers vous implore avec nous !

La France est votre empire : oh ! priez pour la France !
Votre image partout resplendit à nos yeux.
De nos cœurs attristés consolez l'espérance !
Par vous, Mère d'amour, le salut vient des cieux.

XVII

OH ! VIENS BÉNIR MA DERNIÈRE HEURE !

Paroles de M. l'abbé J. Souchier.

———

CHOEUR.

O céleste Marie,
Je suis bien loin de ma patrie,
Mais je suis près de ton autel.
Quand Jésus voudra que je meure,
Oh ! viens bénir ma dernière heure !
Je veux te voir au ciel.

Quand je n'aurai plus qu'une larme
A verser ici-bas,
Recueille-la ; qu'elle désarme
Le Dieu qui compte tous nos pas.

Quand sur ma couche douloureuse
   J'aurai reçu mon Dieu,
A ton nom, Mère bienheureuse,
Je joindrai mon dernier adieu.

Quand je prendrai ma croix d'ébène,
   A mon dernier soupir,
Oh! vite viens briser ma chaîne!
Mère, en tes bras je veux mourir!

Quand le glas de mon agonie
   Tombera du beffroi,
Etends sur moi ta main bénie...
Oh! mon espoir, Vierge, est en toi!

Entre Jésus et toi, ma Mère,
   La mort n'est qu'un sommeil;
Au ciel, après l'heure dernière,
Dieu sonnera mon doux réveil.

XVIII

A VOTRE FILS PORTEZ NOTRE DOULEUR!

A NOTRE-DAME DE LA SALETTE.

Paroles de M. l'abbé Bron.

Dieu puissant, Dieu très-haut, combien de temps encore
Porterons-nous le poids de ton juste courroux?
Ton cœur écoute encor l'humble voix qui t'implore :
Eh bien! pour t'implorer, nous tombons à genoux.
Nous avons mérité les coups de sa colère ;
Sur nous depuis longtemps ils allaient éclater;
Et nous disions : Là haut qu'importe le tonnerre !
Ici-bas l'homme est dieu : qu'a-t-il à redouter?

CHOEUR.

Priez pour nous, Mère attendrie,
A votre Fils portez notre douleur ;
Priez pour nous, douce Marie,
Et dans nos cœurs renaîtra le bonheur.

L'homme avait épuisé la mesure du crime ;
Encore un jour, Seigneur, il lassait ta bonté :
Ta bonté cependant est un immense abîme
Sans rivage et sans fond, comme l'éternité.
Mais Jésus, doux Sauveur, fit un signe à sa Mère,
Et sa Mère quitta les parvis éternels.
On l'a vue un instant sur notre pauvre terre...
Les rochers ont frémi sous ses pieds immortels.

Son front pur, qu'éclairait une douce lumière,
Se voilait par moments d'un nuage de deuil ;
Et puis elle pleurait comme pleure une mère
Qui voudrait arracher son enfant au cercueil.
Malheur ! a-t-elle dit ; il n'est plus de loi sainte ;
Le péché, noir torrent, a dépassé ses bords ;
Le nom du Dieu Très-Haut n'inspire plus la crainte ;
Ses jours sont profanés sans crainte et sans remords !

Malheur, trois fois malheur ! c'est l'heure des vengeances !
Le laboureur en vain creusera ses sillons ;
La vigne étalera de belles espérances,
Et son fruit desséché n'aura que des poisons.
Et déjà Dieu sur nous a vidé son calice :
Que de maux imprévus ! que de fléaux sans nom !
Quoi donc ! attendrons-nous que la terre périsse
Pour fléchir nos genoux et demander pardon ?

Dieu de miséricorde, entends nos vœux fidèles !
Nous voulons désormais respecter ton saint jour.
L'Eglise trop longtemps nous a connus rebelles :
Nous lui jurons respect, obéissance, amour.
Ton saint nom blasphémé recevra nos louanges ;
De tes préceptes saints esclaves bienheureux,
Puissions-nous ici-bas, imitateurs des anges,
Commencer ce qu'un jour nous ferons avec eux !

XIX

L'ESPOIR DU PAUVRE PÉCHEUR.

PRIÈRE AU SAINT CŒUR DE MARIE,

Dédiée aux membres de l'Archiconfrérie de Notre-Dame
des Victoires.

A tes pieds réunis encore,
Vois tes enfants, Mère de Dieu ;
Du cœur fatigué qui t'implore
Ton cœur toujours comprend le vœu.
Marie, entends notre prière ;
Pour désarmer le bras vengeur,
Ton cœur nous reste, un cœur de Mère :
C'est l'espoir du pauvre pécheur.

De ton cœur l'immense tendresse
Egale le pouvoir divin ;
Toute âme que l'épine blesse
Ne t'invoqua jamais en vain.
Marie, etc.

Pour racheter toutes les âmes,
Le Dieu d'amour versa son sang ;
Et pourtant l'enfer de ses flammes
Montre le gouffre menaçant.
Marie, etc.

Hélas ! combien de cœurs encore
Subissent le joug des enfers !
De l'affreux tyran qui t'abhorre
Ne pourront-ils briser les fers ?
Marie, etc,

La volupté, torrent immonde,
Roule ses flots toujours croissants ;
La fange, hélas ! souille le monde :
Que vont devenir ses enfants ?
Marie, etc.

Du vent précurseur des orages
Nous entendons les sifflements ;
Le ciel se voile de nuages,
Solennels avertissements...
Marie, etc.

XX

A TOI NOS CŒURS !

A NOTRE-DAME D'AFRIQUE (1).

Dédié à Mgr Pavy, évêque d'Alger.

———

CHOEUR.

Sur tes enfants, divine Mère,
Répands les divines faveurs ;
En ton doux cœur tout cœur espère :
A toi nos chants ! à toi nos cœurs !

O Mère, entends toujours l'humble voix qui te prie ;
De nous que ton regard ne se détourne pas.

(1) En choisissant les strophes qui ne sont pas spéciales à
l'Afrique, ce cantique de consécration peut se chanter partout.

Dans le rude sentier qui mène à la patrie,
De ton bras toujours fort viens raffermir nos pas.

Sur ces bords fortunés où ta riante image
Apparaît rayonnante aux feux mourants du soir,
Sainte Mère de Dieu, reçois ce pur hommage !
Ton nom est notre abri, ton cœur est notre espoir !

Etoile du matin, douce et naissante aurore,
Ta splendeur annonça le Soleil roi des cœurs ;
Marie, en ces beaux lieux où notre foi t'implore,
Ramène le jour pur de tes rayons vainqueurs !

O Vierge immaculée, ô douce Souveraine,
Abaisse tous les fronts sous ton sceptre d'amour !
Que l'enfant du désert à la brûlante arène,
Le colon, le guerrier, t'implorent tour à tour !

Du nouvel Augustin que l'Afrique révère
Bénis le zèle pur et les nobles travaux ;
Vois monter par ses mains l'auguste sanctuaire
Où ton cœur doit montrer des prodiges nouveaux.

Regarde au bord des flots la cité d'Algérie
Où de ce grand bercail veille le bon Pasteur ;

Regarde près de toi sa famille chérie,
De la foi dans ces lieux espoir consolateur.

Regarde au sein des mers le navire qui penche ;
Entends des matelots la prière et le vœu ;
Arrache à l'ouragan la frêle voile blanche
Qui porte dans ses plis ton nom, Mère de Dieu !

Des prêtres de ton Fils accomplis l'espérance ;
Tu vois contre l'enfer leur renaissants combats.
Bénis de ton regard les soldats de la France
Sur ce sol au croissant arraché par leurs bras.

O Vierge de Juda, prends pitié de tes frères,
De leur front déicide arrache le bandeau !
Du crime sur ton Fils accompli par leurs pères
Que ce peuple aveuglé dépose le fardeau.

Bénis dans leurs travaux les vierges consacrées
Dont les mains nuit et jour répandent les bienfaits ;
Ramène au bon Pasteur les brebis égarées ;
Que ton cœur au bercail les garde pour jamais !

XXI

POUR NOTRE MÈRE DE LA TERRE !

PRIÈRE POUR L'ÉGLISE,

Dédiée à Sa Sainteté Pie IX.

Vierge, notre douce espérance,
Vos enfants ont recours à vous ;
Aux cris de l'Eglise en souffrance
Prêtez l'oreille, exaucez-nous !
Contre elle l'enfer en colère
Lance ses traits audacieux.
Pour notre Mère de la terre
Priez encor, Mère des cieux !

De la vérité dans le monde
Le jour par elle luit plus beau ;

Le serpent de son souffle immonde
Voudrait éteindre son flambeau.
O vous par qui de la lumière
Le doux foyer brille à nos yeux,
Pour notre Mère de la terre
Priez encor, Mère des cieux !

Pour nous donner le pain de vie,
Le ciel à vos mains eut recours ;
De ce don l'Eglise ravie
Dans ses mains le porte toujours.
Vierge, sur ce touchant mystère
N'avez-vous pas toujours les yeux ?
Pour notre Mère de la terre
Priez encor, Mère des cieux !

Votre cœur fut percé d'un glaive ;
Vos yeux se mouillèrent de pleurs.
Ah ! votre enfantement s'achève
Par l'autre Mère des douleurs...
Mais si la souffrance est amère,
Les fruits en sont délicieux.
Pour notre Mère de la terre
Priez encor, Mère des cieux !

Auprès de vous, dans le cénacle,
L'Eglise eut son berceau divin.
Contre elle ici-bas, ô miracle!
Le monde se déchaîne en vain.
Auprès de vous, sur le Calvaire,
Elle monte en levant les yeux.
Pour notre Mère de la terre
Priez encor, Mère des cieux !

Ainsi que vous, l'Eglise enfante
Dans la tristesse et les douleurs ;
Un jour près de vous triomphante,
Elle pourra bénir ses pleurs.
O Vierge en qui son cœur espère ,
Sur ces combats jetez les yeux !
Pour notre Mère de la terre
Priez encor, Mère des cieux !

XXII

SOYEZ NOTRE SALUT ! [1]

CHOEUR.

De notre âme attendrie
Accueillez le tribut ;
O doux cœur de Marie,
Soyez, soyez notre salut !
Jamais, dans sa furie,
Sur vous, Vierge chérie,
L'enfer ne prévalut.

(1) Pie IX a accordé cent jours d'indulgence à cette invocation : *O doux cœur de Marie, soyez notre salut!* Elle nous a donné l'idée mère de ce cantique.

De la miséricorde
N'êtes-vous pas le don?
De votre cœur déborde
La grâce et le pardon.

Par vous, dans nos alarmes,
Tout secours est promis ;
Vous nous donnez des armes
Contre nos ennemis.

De l'enfer la furie
S'allume contre nous ;
Mais votre cœur, Marie,
Peut déjouer ses coups.

Cœur aimé d'une Mère,
Refuge des pécheurs,
Entendez la prière
Qui monte de nos cœurs !

Foyer des pures flammes,
Du céleste séjour,
Envoyez sur les âmes
Vos doux rayons d'amour !

Par vous de l'espérance
Renaît le doux flambeau :
Le jour de délivrance
N'est-il pas le plus beau ?

A vos clartés sereines,
La nuit sombre fuira ;
Des splendeurs souveraines
Ce jour par vous luira.

Oh ! brillez, belle aurore
De ce jour de bonheur !
L'Eglise vous implore :
Montrez-lui votre cœur !

XXIII

UN DOUX REFLET DES CIEUX!

LE SOIR D'UNE FÊTE A MARIE.

———

Que ce jour a de charmes,
O Mère du Sauveur!
Nos yeux roulent des larmes
De paix et de bonheur...

CHOEUR.

Bonheur plein de mystère,
Moment délicieux,
N'es-tu pas, sur la terre,
Un doux reflet des cieux?

4.

De ton cœur, ô Marie,
A cette heure du soir,
Sur notre âme attendrie
Qui dira le pouvoir?
Bonheur plein de mystère,
Moment délicieux,
N'es-tu pas, sur la terre,
Un doux reflet des cieux?

Ton amour nous appelle,
Ton cœur nous réunit;
Dans ta sainte chapelle,
Ton regard nous bénit.
Bonheur plein de mystère,
Moment délicieux,
N'es-tu pas, sur la terre,
Un doux reflet des cieux?

La grâce nous inonde
De joie et de douceur...
Quels plaisirs, dans le monde,
Egalent ce bonheur?
Bonheur plein de mystère,

Moment délicieux,
N'es-tu pas, sur la terre,
Un pur reflet des cieux ?

L'encens de la prière
Monte embaumé vers Dieu ;
L'amour et la lumière
Rayonnent au saint lieu...
Bonheur plein de mystère,
Moment délicieux,
N'es-tu pas, sur la terre,
Un doux reflet des cieux ?

L'ange de l'harmonie
Recueille nos accords,
Et de sa main bénie
Porte au ciel nos transports...
Bonheur plein de mystère,
Moment délicieux,
N'es-tu pas, sur la terre,
Un doux reflet des cieux ?

Souveraine des âmes,
De tes mains dans nos cœurs

Tombent ces pures flammes
Et ces rayons vainqueurs.
Bonheur plein de mystère,
Moment délicieux,
N'es-tu pas, sur la terre,
Un doux reflet des cieux ?

A tes autels, ma Mère,
Attire le pécheur !
Verse encor la lumière
Et l'espoir en son cœur !
Et pour lui, doux mystère !
Ce moment précieux
Sera, sur cette terre,
Un doux reflet des cieux.

XXIV

ABRITE-MOI !

LA RELIGIEUSE A MARIE.

Paroles de S. M. A. C., Religieuse Trinitaire.

CHOEUR.

Reine des Vierges, douce Mère,
Sous ta tutelle abrite-moi !
Quand vers toi monte ma prière,
Vers ton enfant incline-toi !
Qu'à mes serments je sois fidèle !
Que rien ne m'enchaîne ici-bas !
Qu'au Calvaire, où Jésus m'appelle,
Mère, je monte sur tes pas !

Si j'ai quitté ce monde plein d'alarmes,
C'est que ton cœur, Vierge aux célestes charmes,
    A pris mon cœur.
Tu m'as guidée, et moi je t'ai suivie,
Phare brillant, étoile de ma vie,
    Vers le bonheur.

Comme ton Fils, comme toi, tendre Mère,
Fais que jamais je ne trouve sur terre
    Repos, soutien !
Ah ! loin de moi les honneurs, la richesse !
Va, je ne veux, Mère, que ta tendresse,
    Et puis rien, rien !

Comme le lis au bord d'une eau limpide,
Daigne garder mon cœur chaste, candide,
    Pur sans retour !
Mon doux Jésus parmi les lis demeure ;
Il s'y complaît, s'y repose à toute heure
    Avec amour.

Que j'obéisse et que je sache, ô Mère,
Comme Jésus gravissant le Calvaire,
    Pleurer, souffrir,

Et, s’il le faut, victime obéissante,
M’étendre aussi sur une croix sanglante
      Pour y mourir!

Sois là toujours et soutiens ma faiblesse!
Dans les douleurs, aux heures de tristesse,
      Console-moi!
Car, je le sais, le plus amer calice,
Mère, se change en coupe de délice,
      Offert par toi!

Oh! j’aime tant à te prier, ma Mère,
A soupirer là, dans ton sanctuaire,
      A deux genoux!
T’appartenir, ô ma Reine chérie,
Et sur ton cœur attendre la patrie,
      Oh! que c’est doux!

XXV

JE SUIS A TOI!

Paroles de S. M. A. C., Religieuse Trinitaire.

CHOEUR.

O ma Mère, ô Marie,
Dans ton cœur cache-moi!
Prends mon cœur, prends ma vie,
Je suis à toi, je suis à toi!

Je suis à toi, ma Mère immaculée!
Sois mon soutien au terrestre séjour,
L'astre qui luit sur ma sombre vallée,
Le soleil de mon jour.

Je suis à toi! Dès ma plus tendre enfance,
Tu le sais bien, je t'ai donné mon cœur ;
En toi j'ai mis toute ma confiance,
          Mère, et tout mon bonheur.

Je suis à toi! Qui dira la tendresse,
Les soins touchants dont tu sais m'entourer,
Lorsque à tes pieds, aux heures de tristesse,
          Tout bas je viens pleurer?

Je suis à toi! Sur ma route peu sûre,
Si je me blesse aux ronces du chemin,
Tu viens panser et guérir ma blessure,
          O Mère, de ta main!

Je suis à toi, dont la voix douce et tendre
Répond toujours à ma plaintive voix,
Dont le doux cœur sait deviner, comprendre,
          Consoler à la fois!

Je suis à toi! N'es-tu pas mon refuge,
Quand du Seigneur j'ai méconnu la loi?

Car son courroux de Souverain, de Juge
    S'arrête devant toi !

Je suis à toi ! Quand je fuirai la vie,
A mon appel, ô tendre Mère, accours !
Ne permets pas que je te sois ravie
    Au dernier de mes jours !

XXVI

REGARDE-MOI !

CHOEUR.

Vierge tutélaire,
A ton cœur j'ai foi ;
Des cieux sur la terre,
Oh ! regarde-moi !

Je puis donc t'appeler ma Mère,
Divine Mère du Sauveur !
Du fond de la vallée amère,
Je puis vers toi tourner mon cœur.
Sur moi ton doux regard s'abaisse,
Et ton bras me porte secours,
Et ton cœur jamais ne délaisse
Le cœur qui t'implore toujours

Ton œil maternel voit mes larmes,
Ta main me verse des bienfaits ;
A ton sourire plein de charmes
Renaissent l'espoir et la paix.
Sans cesse tu prêtes l'oreille
Aux cris qui montent jusqu'à toi ;
Ton cœur s'émeut, ton amour veille
Sur les pauvres enfants, sur moi...

Merci, ma Mère ! ta tendresse
Fait le charme de mon exil ;
Auprès de toi, de ma faiblesse
Pourrais-je craindre le péril ?
Si, dans mon pénible voyage,
L'orage gronde autour de moi,
Pourquoi redouter le naufrage ?
Mère, ne suis-je pas à toi ?

Je t'aime, ô Mère tout aimable !
Dans mon cœur ton nom est gravé.
Si de la croix le poids m'accable,
Je respire en disant : *Ave !*
Quel cœur que l'angoisse consume

Près de toi ne perdit son fiel?
Quel calice plein d'amertume
Où ta main ne verse du miel

Ah ! que ne puis-je, tendre Mère,
Te faire aimer de tous les cœurs !
Que ne puis-je à toute la terre
Redire tes douces faveurs !
Marie, ô Vierge toute pure,
De mon cœur l'espoir et l'amour,
Je veux te bénir sans mesure
En cet exil, au ciel un jour !

XXVII

OUVREZ-MOI VOTRE CŒUR !

———

Ouvrez-moi votre cœur, Vierge aimable et si chère!
Je voudrais pénétrer dans ce doux sanctuaire
    Par Dieu même habité.
Ce cœur fut de Jésus le premier tabernacle,
Sa demeure de choix, son palais, le miracle
    De sa divinité.

Ouvrez-moi votre cœur, Mère toujours si douce,
Ce cœur compatissant qui jamais ne repousse
    De l'humble enfant le vœu.
Votre cœur est pour tous l'espérance dernière ;
Que ces accents du cœur et ces chants de prière
    Par lui montent vers Dieu !

Ouvrez-moi votre cœur, ce miroir sans souillure,
Où du Soleil divin l'image vive et pure
    Brille, pleine d'attraits.
Ah! dans mon cœur aussi je porte cette image...
Puissé-je au vent poudreux de mon pélerinage
    Ne la ternir jamais!

Ouvrez-moi votre cœur, Vierge toujours fidèle!
De toutes les vertus j'y verrai le modèle
    Ravissant de beauté;
La fleur du pur amour, le lis de l'innocence,
Et la simple candeur, et l'humble obéissance,
    Et la douce bonté.

Ouvrez-moi votre cœur! La source salutaire,
Par le canal fleuri, verse sur le parterre
    Ses flots pleins de fraîcheur;
Ainsi, par votre cœur, s'épanche dans le monde
L'eau que promit Jésus, cette eau vive et féconde
    Qui jaillit de son cœur!

Ouvrez-moi votre cœur! Dans mes jours de tristesse,
Je veux y déposer le poids lourd qui m'oppresse,
    Mes ennuis, mon labeur,

Mes secrètes douleurs, mes pures jouissances,
Mes souvenirs amers, mes douces espérances,
        Mes revers, mon bonheur !

Ouvrez-moi votre cœur ! Il sera mon asile,
Mon abri chaque jour, ma retraite facile,
        Mon boulevard, mon port !
Là ne m'atteindront point les orages du monde,
Ni ces souffles trompeurs dout le courant immonde
        Porte aux âmes la mort.

Ouvrez-moi votre cœur ! Il est si plein de charmes !
De mes yeux, près de vous, coulent de douces larmes
        De joie et de bonheur...
Oh ! je veux pour jamais, loin des bruits de la terre,
Loin des souffles brûlants, tranquille et solitaire,
        Y déposer mon cœur !

XXVIII

GLOIRE A TON CŒUR!

CHOEUR.

Vers notre Mère consolée
Que nos doux chants montent en chœur!
Vierge toujours immaculée,
Gloire à ton nom! gloire à ton cœur!

Comme un lis parmi les épines,
Ton cœur rayonne de blancheur,
Et sur nos terrestres collines
Brille de grâce et de fraîcheur.

5.

Le souffle du serpent immonde
Ne put flétrir ce lis si pur ;
Contre sa blessure profonde,
Dieu pour lui fit un abri sûr.

Des rayons du Soleil de grâce
Ton cœur resplendit, beau miroir,
Et ta lumière encor retrace
Et sa tendresse et son pouvoir.

Et le regard du Dieu suprême
Sur toi s'abaissa, plein d'amour ;
Et de ton cœur il fit lui-même
Un ciel au terrestre séjour.

De tes grandeurs, Vierge si chère,
Oh ! tous nos cœurs sont triomphants !
Ta gloire, ô ravissante Mère,
Tombe en reflets sur tes enfants.

Mais, hélas ! combien, Vierge pure,
De ton cœur diffèrent nos cœurs !
Qui nous donnera la mesure
De tes clartés, de nos laideurs ?

Ton pied vainqueur brisa la tête
Du monstre sorti des enfers;
Hélas! après notre défaite,
Nous en avons subi les fers.

Ton cœur, riche et plein de lumière,
S'humilia dans sa splendeur;
Mon cœur pauvre, étonnant mystère!
Se glorifie en sa laideur.

Vierge aimable et sans flétrissures,
Oh! prends pitié de nos malheurs!
De ta main ferme les blessures
Que le péché fit sur nos cœurs!

XXIX

BÉNISSEZ-NOUS !

A MGR DAVID, ÉVÊQUE DE SAINT-BRIEUC.

———

Pour abri contre les frimas
La fleur trouve une chaude serre ;
Le vieillard raffermit ses pas
Sur un bras fort et tutélaire.
Oh ! soyez notre appui si doux
Et notre bras sur cette terre !

CHOEUR.

Mère de Dieu, bénissez-nous
De votre douce main de Mère !

Du jardin le frêle arbrisseau
Cherche un tuteur qui le redresse ;
La brebis dans le clair ruisseau
Etanche la soif qui l'oppresse.
Oh ! soyez notre appui si doux !
Donnez-nous l'eau qui désaltère !
Mère de Dieu, bénissez-nous
De votre douce main de Mère !

Le pauvre implore le secours
Du riche à la main bienfaisante ;
L'enfant à sa mère a recours,
A ses douleurs compatissante.
Oh ! nous avons recours à vous :
Vierge, écoutez notre prière !
Mère de Dieu, bénissez-nous
De votre douce main de Mère !

Mère admirable du Sauveur,
Embrasez nos cœurs de ses flammes !
Par votre main toute faveur
De son cœur descend dans nos âmes.
Oh ! nous avons recours à vous :

Vierge, écoutez notre prière !
Mère de Dieu, bénissez-nous
De votre douce main de Mère !

A son départ, le voyageur
Cherche une main qui le bénisse ;
Cette main, gage de bonheur,
Verse du miel dans son calice.
Oh ! nous venons à vos genoux,
Nous, voyageurs sur cette terre...
Mère de Dieu, bénissez-nous
De votre douce main de Mère !

XXX

O MARIE, O MA MÈRE !

ÉCART ET RETOUR.

Paroles de M. Emile Régnault.

———

Vierge, qui chéris l'innoçence
Et qui souris au repentir,
Sur ma fragile adolescence
Vois le malheur s'appesantir.
Longtemps égaré dans ma route,
J'errai dans les ombres du doute
Et cherchai d'autres biens que toi ;
Mais enfin mon âme lassée
Vers ton cœur accourt empressée :
Bonne Vierge, recueille-moi.

CHOEUR.

O Marie, ô ma Mère,
A ma prière
Ouvre ton cœur !
A l'enfant qui prie
Donne, Marie,
Paix et bonheur.

On me disait : Loin de ta Mère,
Tu pourras couler d'heureux jours ;
Pourquoi sous sa tutelle austère
Veux-tu t'enchaîner pour toujours ?
Faux amis, promesses perfides ,
Qui me laissèrent les mains vides
En ravageant mon pauvre cœur !
Je dissipai dans l'indigence
La paix de ma première enfance,
Et ne trouvai point le bonheur...

Eh quoi ! j'ai pu, divine Mère,
Oublier un jour tes bienfaits !
J'ai pu demander à la terre

Ce qu'elle ne donna jamais !
J'ai pu, trompé par d'autres charmes,
Rester insensible à tes larmes
Et te laisser dans l'abandon !...
Et cependant, malgré l'offense,
Tu m'as conservé l'espérance,
Et tu m'appelles au pardon !

Comme le père du prodigue,
Tu veux ranimer sur ton cœur
Ce fils brisé par la fatigue
Qui dépérissait de langueur ;
Tu veux lui rendre, avec la vie,
Et sa félicité ravie,
Et l'honneur de ses ornements ;
Déjà ta tendresse commence
A couvrir d'un amour immense
Ses immenses égarements !

Vierge, sous ta garde fidèle,
Je viens de nouveau me ranger ;
Pourquoi voudrais-je, encor loin d'elle,
Poursuivre un bonheur étranger ?

A ton cœur, ô ma bonne Mère,
Confiant ma tristesse amère,
Je m'abandonne pour jamais ;
Je veux placer sous ta défense
Tous les trésors de mon enfance,
L'amour, l'innocence et la paix !

XXXI

RÈGNE SUR NOUS !

APRÈS UNE CONSÉCRATION.

.CHOEUR.

O doux serment ! ô contrat tutélaire !
Vierge, en ton cœur nous voilà désormais ;
Garde nos cœurs en ce doux sanctuaire,
Règne sur nous, Vierge, règne à jamais !

Règne sur nous, aimable Souveraine !
Oh ! ton sceptre est léger et ton empire est doux ;
Sous tes yeux, de nos jours la lumière est sereine,
Et contre nous l'enfer, que ton pouvoir enchaîne,
Frémit d'un vain courroux.

Règne sur nous ! Comme au beau ciel tes anges,
Ici-bas nous voulons t'aimer et te bénir :
Ta bannière au combat guidera nos phalanges;
Nous voulons dans l'exil, en chantant tes louanges,
Passer, lutter, mourir !

Règne sur nous, Vierge à nos cœurs si chère !
Pour tes heureux enfants ton doux cœur est un fort,
Ta médaille un rempart, ta croix une lumière,
Ton image un drapeau, ton nom un cri de guerre,
Ton sanctuaire un port !

Règne sur nous ! Nous serons sans alarmes;
Vierge, nous bénirons ton joug délicieux.
Contre l'enfer ta main nous fournira des armes;
Du repos, dans ton cœur, nous goûterons les charmes,
Jusqu'au repos des cieux !

XXXII

PRENDS PITIÉ DES PÉCHEURS !

***

CHOEUR.

Ecoute encor ces accents de prière,
Toi des pécheurs le refuge et l'espoir ;
Mère de Dieu, notre abri, notre Mère,
De ton saint cœur montre-nous le pouvoir !
Du Dieu puissant le bras se lève encore ;
N'allons-nous pas en subir les rigueurs ?
Mais de nos cœurs, Vierge, la voix t'implore ;
Marie, encor prends pitié des pécheurs !

La foi s'éteint ; le plaisir dans les âmes
Porte partout le ravage et la mort ;

Le pécheur boit à des coupes infâmes.
Ah ! s'il pouvait dans ses honteuses flammes
  Etouffer le remord !

L'iniquité, comme un torrent immonde,
Roule sans frein ses flots dévastateurs ;
Le noir Satan, dans sa rage profonde,
Plus que jamais lance à travers le monde
  Ses anges séducteurs.

La ruse ment, l'impiété blasphème ;
Du Dieu très-saint le jour est profané ;
La vie est tout, l'avenir un problème ;
L'or, le plaisir, voilà le bien suprême
  A l'homme destiné.

L'ange du mal, déchaîné sur la terre,
Des vils penchants attise encor le feu ;
Dans son orgueil, le mortel téméraire,
De toute loi brisant le joug austère,
  Veut se passer de Dieu...

Que de pécheurs, hélas ! marchent dans l'ombre !
Que de captifs encor chargés de fers !

Infortunés, dont l'avenir est sombre,
Ah ! qui pourrait nous dire votre nombre
    En ce siècle pervers ?

L'Eglise en vain vous montre la lumière
Et le sentier du céleste bonheur :
Au chemin sûr vous préférez l'ornière ;
Ah ! suivrez-vous jusqu'à l'heure dernière
    La route du malheur ?

A ce délire, à ce triste spectacle,
Enfants de Dieu, qui ne gémirait pas ?
Du Dieu vengeur va s'accomplir l'oracle (1) :
Pour les sauver, Vierge, il faut un miracle ;
    Ne le feras-tu pas ?

(1) *In peccato vestro moriemini.* Vous mourrez dans votre péché. (S. Jean, viii, 21.)

XXXIII

MONTRE-TOI NOTRE MÈRE!

CHOEUR.

Daigne écouter notre prière,
Toi de nos cœurs l'espoir si doux!
Vierge, montre-toi notre Mère;
Nous nous jetons à tes genoux.

O consolant, ô doux mystère!
Jésus mourant pour nous pria;
Et de sa croix, sur le Calvaire,
A ton saint cœur nous confia.

Et tu compris, ô nouvelle Eve,
Le testament du Dieu sauveur;
Et ton saint cœur, percé d'un glaive,
Nous enfanta dans la douleur.

O Vierge forte, ô douce Mère,
Sur tes enfants jette un regard,
Et, dans les jours d'épreuve amère,
Garde-les sous ton étendard !

A ton saint cœur, dès notre aurore,
De nos cœurs nous avons fait don.
Autour de toi vois-nous encore...
Pourrions-nous craindre l'abandon ?

Hélas ! souvent notre faiblesse
Oublia les plus beaux serments ;
Mais toi, qui jamais ne délaisse,
Accueille nos gémissements !

Mère d'amour et de clémence,
Pardonne à notre amer regret !
Ta douce main, dans sa puissance,
De tout guérir a le secret.

Relève encor l'enfant qui tombe ;
Du pélerin guide les pas ;
Donne des ailes de colombe
Au cœur qui ne s'élève pas.

6

Conserve la fleur d'innocence
Aux mains de tes jeunes enfants ;
De l'enfer montre l'impuissance
Contre les cœurs que tu défends.

Console l'orphelin qui pleure ;
Prends sur ton cœur la mère en deuil,
Qui de sa funèbre demeure
A vu sortir un blanc cercueil ..

Ramène dans la bergerie
La brebis égarée au loin.
Jamais ne périt, ô Marie,
Celle dont ton amour prit soin.

A nos besoins toujours propice,
Pour nous conjure le Seigneur ;
Au bras levé de la justice
Arrache encor le trait vengeur !

XXXIV

A TOI SALUT!

AVE, MARIA.

Pour la fête de l'Annonciation.

Marie, à toi salut ! Toujours pleine de grâce,
Ton âme resplendit d'un éclat sans pareil.
Devant ton cœur si pur tout cœur mortel s'efface,
Comme un beau lac limpide en son miroir retrace
　　Les splendeurs du soleil.

CHOEUR.

Du Sauveur sainte Mère,
　A tes enfants ouvre ton cœur si doux !
Au moment des combats, dans cette vie amère,
　　Intercède pour nous !

Marie, à toi salut! Dès ta première aurore,
Ton cœur du Dieu très-saint fut le temple béni,
Et sa main chaque jour l'embellissait encore.
Non, le souffle fatal du serpent qui t'abhorre
  Ne l'a jamais terni.

Marie, à toi salut! Bénie entre les femmes,
Tu fus plus que Judith la gloire d'Israël.
Ton bras de l'ennemi brisa les traits infâmes,
Et de son souffle impur tu délivras les âmes,
  Reine auguste du ciel !

Marie, à toi salut! Réparatrice d'Eve,
Tu nous ouvris le ciel par son crime fermé.
Par toi, longtemps courbé, notre front se relève ;
Par toi du Dieu mourant le doux bienfait s'achève,
  L'amour est consommé !

Marie, à toi salut! Incomparable Mère,
Jésus fut de ton sein le fruit délicieux.
Oh ! que Jésus ton fils, que Jésus notre frère,
Que Jésus avec toi soit béni sur la terre
  Ainsi que dans les cieux !

XXXV

QUI DIRA VOS DOULEURS?

MARIE AU PIED DE LA CROIX!

———

Voyez sur le Calvaire,
Immobile et sans voix,
Une Vierge, une Mère,
Debout près de la croix.
Tout son cœur se déchire,
Ses yeux roulent des pleurs...
O Reine du martyre,
Qui dira vos douleurs?

CHOEUR.

O Vierge que déchire
Le glaive des douleurs,
A votre long martyre
Nous unissons nos pleurs.

6.

L'Agneau du sacrifice
Nous ouvre enfin le ciel ;
Sa Mère du calice
Doit partager le fiel.
Pure et sainte victime
Du monde et des pécheurs,
O Vierge magnanime,
Qui dira vos douleurs ?

Sur la croix, bois infàme,
Jésus est immolé ;
Dans son corps, dans son âme,
Il souffre inconsolé...
Mais il faut deux victimes
Aux célestes rigueurs ;
Pour expier nos crimes,
Mère, il faut vos douleurs !

Devant votre tristesse
Nos ennuis sont néant ;
L'angoisse qui vous presse
Est comme l'Océan...
Pour nous, Vierge, au Calvaire,
Vos yeux versent des pleurs ;

Pour nous vous êtes Mère,
Et Mère des douleurs !

Au bois du sacrifice
Abraham gémissant
Attachait, ô supplice !
Son fils obéissant;
Mais vite de ce père
Le ciel tarit les pleurs.
Jésus meurt; de sa Mère
Qui dira les douleurs?

Ainsi l'âme flétrie
Est lavée à ce prix;
De Jésus, de Marie
L'amour est-il compris?
Ah ! montez au Calvaire,
Montez, ingrats pécheurs ;
Contemplez votre Mère,
La Mère des douleurs !

Vous dont le monde encore
Enflamme les désirs,
Que le remords dévore

Au sein de vains plaisirs,
Aux larmes d'une Mère
Ne fermez pas vos cœurs ;
Contemplez au Calvaire
La Vierge des douleurs !

Vous qui de la souffrance
Portez le lourd fardeau,
Devant qui l'espérance
Voile son doux flambeau,
Aux larmes d'une Mère
Venez mêler vos pleurs ;
Contemplez au Calvaire
La Vierge des douleurs !

Vous, mère inconsolable,
En longs habits de deuil,
Que la tristesse accable
En face d'un cercueil,
Aux larmes d'une Mère
Venez mêler vos pleurs ;
Contemplez au Calvaire
La Vierge des douleurs !

XXXVI

PORTEZ-LUI TOUS NOS CŒURS !

MARIE DANS LE CÉNACLE.

Vous qui, dans le cénacle
Où vivait le Sauveur,
Devant le tabernacle
Repandiez votre cœur,
A ce Dieu solitaire,
Dans cet obscur séjour,
Offrez encor, ma Mère.
Vos saints transports d'amour !

CHŒUR.

A ce Dieu solitaire,
Dans cet obscur séjour,
Offrez encor, ma Mère,
Vos saints transports d'amour !

Votre sein, ô miracle !
Fut du Verbe fait chair
Le premier tabernacle,
A son doux cœur si cher.
De ce Dieu qui nous aime
L'amour est-il compris ?
Vierge, du don suprême
Enseignez-nous le prix !

Dans vos bras, sur la terre,
Il prit un doux sommeil ;
Votre cœur, tendre Mère,
L'attendait au réveil...
Il repose en l'hostie
Jusqu'au dernier des jours.

Oh ! dans l'Eucharistie
Bénissez-le toujours !

O bienfait, ô merveille
De puissance et d'amour !
Il dort, mais son cœur veille
En cet obscur séjour...
Mère toujours ravie
De ses tendres faveurs,
Au mystère de vie,
Portez-lui tous nos cœurs !

Sur ce trône de grâce,
Qu'il nous offre d'attraits !
Là son amour retrace
Tous ses divins bienfaits.
De la crèche au Calvaire,
Vous marchiez sur ses pas ;
Aux sentiers du mystère,
Ne le suivez-vous pas ?

Dans cette humble demeure,
Qu'il est doux le Sauveur !

A toute âme, à toute heure,
Jésus ouvre son cœur.
Vous, la porte chérie
Du séjour éternel,
Conduisez-nous, Marie,
Dans ce terrestre ciel !

XXXVII

BÉNIS NOS CŒURS!

Vierge qu'implore

Avec espoir

Tout cœur encore,

Quand vient le soir,

Donne un doux gage (1)

De tes faveurs ;

Sous ton image,

Bénis nos cœurs !

(1) On doit répéter en chœur les quatre derniers vers de chaque strophe.

Dans ton empire,
Quels saints attraits !
L'âme y respire
La douce paix.
O Vierge sainte,
Aux traits vainqueurs,
Dans ton enceinte,
Charme nos cœurs !

La voix du monde
Trompe, assourdit ;
Son souffle immonde
Souille et flétrit.
O Vierge sainte,
Loin des clameurs,
Dans ton enceinte,
Parle à nos cœurs !

Ses mains infâmes
Lancent des traits ;
Oh ! pour les âmes
Amers regrets !
Vierge aux mains sûres,

Aux soins vainqueurs,
De leurs blessures
Guéris nos cœurs !

Le monde vante
Ses beaux décors ;
Le plaisir chante
En doux accords.
O Vierge pure,
Aux bras vainqueurs,
De sa souillure
Garde nos cœurs !

Ces cœurs volages
Iraient, hélas !
Vers des rivages
Où tu n'es pas.
O Vierge sainte,
Aux bras vainqueurs,
Dans ton enceinte
Retiens nos cœurs !

XXXVIII

O MYSTÈRE! O BONHEUR!

O mystère ! ô bonheur! un Dieu se fait victime !
Dans son temple arrivé, l'ange du Testament,
Enfant-Dieu, dans les bras de sa Mère sublime,
S'est offert : qu'il est doux dans son abaissement !

CHOEUR.

O Marie, ô Joseph, à Jésus, dans son temple,
Offrez nos cœurs émus de douleur et d'amour.
La terre vous bénit, tout le ciel vous contemple ;
De votre humilité nous recueillons l'exemple ;

Et vous, après l'épreuve au terrestre séjour,
Dans le temple éternel conduisez-nous un jour !

Cieux, soyez satisfaits ! et toi, tressaille et chante,
O terre ! Il luit pour toi, le jour du Rédempteur !
Il nous donne son cœur ; sa tendresse est touchante ;
Il vient ouvrir le ciel et sauver le pécheur.

Il vient des premiers jours accomplir la promesse,
Et d'Adam réparer le crime et les malheurs ;
Il vient du genre humain consoler la tristesse,
Et de son sang divin féconder les douleurs.

Il vient enfin combler une antique espérance ;
Son jour pour Abraham fut un ravissement.
Il vient à tout captif annoncer délivrance,
A tout cœur oppressé suave allégement.

Voyez-le dans les bras de sa Mère attendrie :
Il est le Rédempteur, lui-même est racheté ;
Pour rançon deux oiseaux ! Voyez l'humble Marie :
Ellle immole l'honneur de sa virginité.

7.

Siméon dans ses bras l'a pris : oh! quelle ivresse!
Ses yeux ont contemplé le salut d'Israël.
Consolé désormais, il peut dans sa vieillesse
Descendre dans la tombe en bénissant le ciel.

Mais pour Marie, hélas! ce jour n'a pas de fête...
Oh! ses yeux maternels déjà roulent des pleurs...
Et son cœur, aux accents du sublime prophète,
Est déjà transpercé du glaive des douleurs.

O Jésus rédempteur, fais briller ta lumière
Devant tout peuple assis dans l'ombre de la mort!
Et toi, Marie, et toi, l'espérance dernière,
Souviens-toi qu'à ton cœur est confié leur sort.

XXXIX

PORTE DU CIEL !

Porte du ciel, doux espoir de la terre,
Laisse-nous voir des élus le séjour !
Hélas ! courbés sous la croix salutaire,
Nous gémissons dans cet exil d'un jour.
Montre à nos yeux la couronne de gloire ;
De tous liens viens affranchir nos cœurs !
A tes enfants, Vierge, donne victoire,
Et dans les cieux introduis les vainqueurs !

CHŒUR.

Montre à nos yeux ta couronne de gloire ;
Viens délivrer de leurs liens nos cœurs !
A tes enfants donne enfin la victoire,
Et dans les cieux introduis les vainqueurs !

Jésus là-haut a marqué notre place,
Mais par la guerre il faut la conquérir ;
Porte du ciel par qui tout élu passe,
Pour nous un jour aussi daigne t'ouvrir.

La terre, hélas ! n'est qu'un désert sans charmes ;
Tout cœur gémit, tout œil cache des pleurs...
O douce Mère, après les jours d'alarmes,
Du ciel un jour montre-nous les splendeurs !

Qu'est notre vie ? Un jour rapide et sombre
Où la tempête éclate avant le soir ;
Aux doux rayons toujours se mêle l'ombre,
Et bien souvent l'horizon est tout noir.

Tout vase, hélas ! renferme lie amère :
Les coupes d'or laissent vide mon cœur ;

L'épine reste à la fleur éphémère,
Et le plaisir enfante la douleur.

Et je pourrais à ce monde d'images
Laisser mon cœur sans fin ambitieux !
Marie, ô toi qui reçois nos hommages,
Aide ce cœur à monter vers les cieux !

Oh ! je le sens, mon âme est immortelle :
Tout l'univers est trop petit pour moi...
Je veux le ciel ! Jésus, mon Dieu, m'appelle !
Douce Marie, à ton amour j'ai foi !

Vierge, par toi notre salut s'opère ;
Couronne enfin tes bienfaits précieux :
Tu nous donnas ton Fils sur le Calvaire,
Fais-le-nous voir triomphant dans les cieux !

FIN.

LYON. — IMPRIMERIE DE GIRARD ET JOSSERAND,
Rue Saint-Dominique, 13.

TABLE.

FIN DE LA TABLE.